薄纱

诗集

林伟东 著

中国美术学院出版社

林伟东

字遁佛，号底牌先生，笔名很久却像昨天。

1989年7月30日出生于福建晋江。初中就读于晋江市南区中学（晋江市实验中学），随后进入晋江华侨职校学习工艺美术，毕业后进入工程公司从事电缆检修工作，每天和同事们早出晚归，风雨无阻地活跃在各个施工现场。闲暇之余静心修习，曾在公司网站发表过几篇文章。

读书这个爱好最初源于小时候父亲常给我讲古代名著、武侠小说，这便造就了自己对文学的浓厚兴趣。自幼阅读各种古今中外的著作，涉及哲学、历史、军事、医学、心理学等。在22岁时对阅

读乃至一些事物的理解发生了转变，逐渐开始进入了一个新的层次。在27岁时无意间突然产生了给自己取字的想法。一次偶然看到路旁书画店有个“佛”字，茅塞顿开，以伟为体，林是双木，化成两个小竖，立于“韦”一上一下、一右一左。东为甲乙木，化成一竖撇，依左贯穿“韦”而出。把姓名中三字融为一体完美地汇合，包含在“佛”字之内。之所以没使用“隐”或“藏”，而选用遁这个字，是受奇门遁甲的启示，故称为遁佛（fú）。

序

临近春节时，与友人喝咖啡，这位友人是年轻的艺术家，我读艺校时的同学，后深造于中国美术学院。他已在中国多个城市举办过多场当代油画展览，而我时常为他的绘画作品撰写简短的介绍。闲聊时，无意间随手翻看了几页泰戈尔的诗。虽然自己已看过不少书，但由于之前对诗这类体裁的文学作品并没过多关注，也算是初次认识了这位可敬的泰戈尔先生。阅读之后顿时让我产生了尝试写诗的想法，多年来积蓄的思绪像火山爆发般涌出，便在春节假期中完成了部分的写作，后又经过反复修改、审核，完成了这 81 首诗的创作。所创作的诗都是多年来累积的真实人生感悟，内容多为有感而发。

感谢那些生活中出现的美好，照亮阴霾的心灵，也感谢那些遭受过的磨难，铸就坚韧的性格。

祝愿读者们能在黄金年龄遇见最好的自己，希望我人生中第一次出版的诗集，能给世界多带来一丝光明，让孤单行路的人不再迷茫。

林伟东

目录

诗文 ……………………1
雷雨天 ……………………2
拾遗记 ……………………4
艺术相通 ……………………6
途中 ……………………8
晋江五店市 ……………………10
凌晨 ……………………12
夜的第七章 ……………………14
博爱 ……………………16
若水 ……………………18
中国梦 ……………………20
逃离 ……………………22
剑 ……………………24
善变 ……………………26
表象 ……………………28
神与人 ……………………30
北极熊 ……………………32
没想到的事 ……………………34
爱是克制 ……………………36
河流 ……………………38
矿石 ……………………40
蜡烛舞者 ……………………42
外在美 ……………………44
书呆子 ……………………46
灯塔 ……………………48
阴天 ……………………50
直到天快亮 ……………………52
十二点 ……………………54
梦境 ……………………56
一根羽毛 ……………………58
异乡人 ……………………60
化蝶 ……………………62
迷宫 ……………………64
在于人不在于器 ……………………66
不忘初心 ……………………68
距离美 ……………………70
知识海洋 ……………………72
雪花姑娘 ……………………74
幻灯片 ……………………76
残缺也是一种美 ……………………78
美人鱼 ……………………80
多少巧合加努力铸就了奇迹 82

初恋 ……84
习武体悟 ……86
星空 ……88
瓶中花 ……90
浓雾 ……92
高兴，亦或是悲伤 ……94
午夜剧场 ……96
感恩 ……98
赖床 ……100
人算不如天算 ……102
忆童年 ……104
太阳的种子 ……106
蓝 ……108
荷尔蒙 ……110
路人乙 ……112
柒 ……114
自缚 ……116
光明 ……118
精品总是不多 ……120
机会 ……122
物以类聚，散合随缘 ……124
观展 ……126
免疫力 ……128
嫦娥 ……130
牢 ……132
藏宝图 ……134
底牌 ……136
世间 ……138
善恶阴阳门 ……140
口水诗歌 ……142
蛟 ……144
危机 ……146
弹钢琴的少女 ……148
恩赐 ……150
未燃时 ……152
救赎 ……154
遇见 ……156
花 ……158
神游太虚 ……160
周而复始，宇宙公式 ……162
后记 ……164

诗文

雷雨天

闪电划破天际，
宣示着雨夜狂想曲正式开始。

拾遗记

走遍海滩只为遇见你，
看似普通却与众不同的美丽，
始终不渝找寻那颗，
星空洒下的宝石，
沧海遗落的戒指。

艺术相通

把文字当作颜料描绘美丽画面，
用文字变成音符演奏动人乐章，
也许就是最好的诗。

途中

昏暗的街灯泛着黄，
照亮着前方，
独自行走时，
那条未知的路。

晋江五店市

水泥森林中迷失自己，
红砖古厝是儿时记忆，
漫步街里，
道路依旧熟悉，
灯笼挂起，
点燃节日气息，
像沙漠里仅存的绿地，
似内心处保留的清晰，
天井流传着故事，
小巷记载着历史，
虽是偶尔想起，
但却不曾忘记。

凌晨

（知名青年艺术家李名郎共同创作）

我总在想，
这一生该用什么心来搭讪你才好，
虚徒的世界里，
为了这残余空旷的灵魂，
一直在寻觅与等待，
冬季过后，
春将到来，
在黑色最奢华的夜晚，
聚合灯光涟漪着黑色湖面，
纤柔指尖划过寂寞的过客，
慢慢生成了壳。

夜的第七章

熬过漆黑的夜，
迎接晨曦到来，
用鲜血谱写的篇章，
终会绽放。

博爱

所有信仰融为一体，
把精华吸取，
把糟粕抛弃，
阴阳心中牢记，
让星月点缀耳垂，
十字架佩戴于胸前，
念珠则缠绕在手臂上面。

若水

生命之泉，
是珍贵的能量来源，
顺着悬崖流淌到无底深渊。

中国梦

华夏神龙渐醒，
炎黄子孙复兴，
传统融入血脉，
创新缔造品牌，
希望编织富足，
卓越淘汰庸俗，
和平虚怀若谷，
战争不惧狼虎，
发扬高尚道德，
净化祖国山河。

逃离

（用于本人微信签名）

像一条潜入深海的鱼，
不再迷恋天空的美丽。

剑

（用于本人 QQ 签名）

利刃，
隐于鞘，
藏其锋，
动则气势如虹，
静则平淡似水。

善变

人是否容易因为眼前的幸福，
而放弃了最初的追逐。

表象

相同的一样东西可以有很多不同名称，
比如水又能叫做一氧化二氢，
事物应该看本质，
不要被外在名字所蒙蔽。

神与人

创造历经漫长，
摧毁却只需瞬间。

北极熊

站在白茫茫冰川边缘，
找不到相依的伴，
饥饿夹杂疲倦，
试着把寒冷看淡，
过往的嬉戏，
也仅剩回忆，
只想就这样沉沉睡去，
再也不用醒来。

没想到的事

生命中最有趣的莫过于那些突如其来的小惊喜。

爱是克制

不一定要拥有，
或许那是朵小花，
不必把它摘下，
或许那是颗钻石，
无法带它回家。

河流

不知要去向何方，
沿途的风景消瞬即逝，
却身不由己，
只能漫无目的向前继续，
奔腾不息，
但愿有朝一日，
能随心所欲。

矿石

被命运悄无声息的推进熔炉，
无情的烈焰燃烧着意志，
冷漠的铁钎敲打着身躯，
磨难期，
难以逃避绝望的炼狱，
洗礼后，
已经成为闪耀的金子。

蜡烛舞者

微弱的烛火，
晃动优雅娇躯，
纵情跳跃着轻盈舞姿，
化身成为了，
黑夜中耀眼的精灵，
妩媚得让人沉醉，
可为何却流下泪水。

外在美

华丽的服饰不能遮挡卑劣的素质，
名贵的香水无法掩盖腐烂的气息，
内外皆美才是极致，
或是退而求次，
让心灵充实。

书呆子

别炫耀学历，
那样会显得很无知，
让世界进步的科技，
都是创新而出的东西，
并不是事先记录在书上的苍白文字。

灯塔

浩瀚海洋里放射出一束强光，
指引着轮船正确航向，
而那群随波逐流的鱼，
却疯狂朝致命浅滩游去。

阴天

雨滴敲打着玻璃，
仿佛在倾诉不为人知的故事。

直到天快亮

失眠的夜里，
你是否也如此，
独自忍受着无尽空虚。

十二点

沉寂，
时间慢慢流逝，
钟声响起，
有某种意义，
继续努力，
别让它只是重复昨日。

梦境

暗夜忽然现飞虹，
当空翻腾似游龙，
虚无缥缈渐朦胧，
其景欲留无影踪，
幻中找寻心悸动，
醒来方知一场空。

一根羽毛

洁白的羽毛在风中荡漾，
盘旋着飘然而下，
是哪只鸟儿不小心弄丢了，
衣裳上心爱的臂章。

异乡人

冬季孤寂的夜，
走在空荡无人街，
周围几所房子，
有温暖灯光亮起，
冷风吹过时，
两旁枯树前倾后仰的姿势，
仿佛也在嘲笑身寒骨冻的浪子。

化蝶

世人羡慕自由飞舞的蝶，
可曾想起它作茧自缚时缠绕的悲哀，
破茧而出前无助地等待。

迷宫

残留的线索扑朔迷离，
怎样才能找到那把，
通往你心门的钥匙。

在于人不在于器

手执宝剑去种田，

却期望能用被珍藏的生锈锄头上战场。

不忘初心

人刚出生都是一张白纸，
随着时间推移，
有过各种人生经历，
染上了五颜六色的习气，
但请不要忘记最初朝阳般的自己。

距离美

那遥不可及的美丽，
当靠近时却反而想要逃避。

知识海洋

越透彻越感到深深的寒意，
像潜入没有尽头的冰冷海底，
令我浮现起无边的恐惧和莫名的兴奋。

雪花姑娘

只能隔着层透明玻璃，
屏幕里窥探淡雅妆容的你，
在那等着我吧，
终有一天素未谋面的我们会相见。
我将凝视着你庄严的美貌，
轻抚过你冰冷的肌肤。

幻灯片

我们都只不过是瞬间聚合的尘埃，
被岁月吹过就散成了沙，
脑海中模糊的回忆，
像破碎的玻璃拼凑不齐，
再次想起，
竟然恍如隔世。

残缺也是一种美

残缺也许是形成崭新的完整个体，
仍不失独特气质，
依然能释放魅力。

美人鱼

怎样的人生才算精彩，
没人发现他内心是个小孩，
相信会有童话存在，
无可救药地迷恋着大海，
孤独倚靠在栏杆等待，
谁的归来。

多少巧合加努力铸就了奇迹

不要轻易放弃，
拼尽全力才可能有机会创造奇迹，
假如结局不如意，
依然别泄气，
逐梦的过程已经足够美丽。

初恋

终于又取得联系，
不值得高兴也没必要悲伤，
但还是应该被珍惜，
那毕竟是尘封在时间胶囊里，
最初纯真记忆。

习武体悟

刚亦非硬，
柔而不软，
太极讲究刚柔并济，
不是松软无力。

星空

终于看懂了画中的忧伤，
表面缤纷色彩闪亮，
掩饰住的那种孤独感却近乎绝望，
让人莫名心慌。

瓶中花

高傲屹立在晶莹容器中，
拥有令人着迷的艳丽娇容，
曼妙枝芽却无法再随风飘动，
最美年华里自由被葬送，
我能感受她的痛。

浓雾

丛林深处，
草叶上粘着露珠，
迷茫中看不清路，
只好放肆欢呼，
美丽的背后隐藏着毒，
可我却毫不在乎。

高兴，亦或是悲伤

镜子前那张脸庞，
面无表情，
看不穿真实模样，
房间空荡，
安静的单人床，
朦胧日光透过窗。

午夜剧场

都市霓虹灯把舞台照亮，
汽车用熟悉歌谣低声吟唱，
街角商店独自开放，
月亮也许有些醉，
在泡沫剧的陪伴下安然入睡，
野猫黑暗中舔着伤，
世界变成奇妙游乐场，
观众离席后，
小丑露出了微笑。

感恩

死神与我数次擦肩而过，
教会了我人生真谛，
谨慎对待新的开始，
分叉路口选择仔细，
该做的事要尽力，
剩下的交给命运来打理。

赖床

清晨如期发动了战役，
闹钟吹响了进攻号角，
我顽强阻挡了多次袭击，
躲在被窝这个并不坚实的堡垒，
挣扎着做最后的抵抗。

人算不如天算

有些事知道了结局，
但掌控不了过程，
有些事猜想到过程，
却预料不到结局。

忆童年

那个小池塘如今在何方，
课桌上书写着懵懂梦想，
共同玩耍的伙伴都怎样，
我们奔跑在夕阳下的操场忘了回家，
顽童哭闹着不肯入睡，
醒来后发现已逐渐老去。

太阳的种子

深埋在暗无天日的地底惶恐不安，
是那温暖的光芒渗透进来，
这时才找到通往光明的途径。

彩虹有七种颜色，
可唯独偏爱这色，
地球的颜色，
大海的颜色，
我的颜色。

荷尔蒙

脑中涌出炽热岩浆，
融化那颗被坚冰冷藏的心。

路人乙

初次与你相遇，
竟让我想卸下所有面具，
心脏强烈地狂跳不已，
感觉快要窒息，
空气突然凝固，
世界也仿佛定格住，
时间近乎静止，
又像过了几个世纪，
没喝酒居然有点醉，
但却害怕心碎，
只好假装醒悟，
埋头赶路。

柒

赤橙黄绿青蓝紫，
蓝浓紫微现，
喜怒忧思悲恐惊，
恐极惊初生，
do rei mi fa so la xi，
音符合成歌乐起，
α β γ δ ε ς η，
星辰聚集北斗旋。

自缚

人往往迷恋自己制造的幻象，
而不是真实模样，
困在虚假编织的网，
哭诉着绝望。

光明

夜幕笼罩无法掩盖璀璨星光闪耀。

精品总是不多

破铜烂铁量多，
黄金稀少，
残渣废砾常见，
宝石罕有。

机会

能力不足时，
无法举起摆在眼前的杠铃，
该做的唯有自强不息。

物以类聚，散合随缘

频率类似就会互相吸引对方，
但当能量高低不平衡则开始分离，
如果两种情况同时存在，
就会出现较低能量围绕较高能量转的形式。

观展

只恋桃花盛开时，
无意花瓣落满地。

免疫力

假如白细胞对病菌手软，
将会给身体造成多大损失，
在侵略者面前无需仁慈。

嫦娥

斗转星移景未变，
历经人间几回迁，
舞动薄纱云霞散，
月圆广寒哀声叹，
身披锦衣独自赏，
花容憔悴犹断肠，
孤生深闺无人怜，
悔当初心生贪念。

牢

比肉体囚禁还可怕的是精神封闭。

藏宝图

宝藏究竟埋藏在什么地方，
请先丢掉那些无用的背囊，
也不必去管方向，
捡起了理想，
心就会为你导航。

底牌

人生就像牌局，
每个人，
每件事，
都是不同的牌，
有的牌初看极好，
实则不堪一击，
押下全部筹码，
最终人财两失，
有的牌原本无奇，
循序渐进投资，
却能收获奇迹，
最难的牌属于跟注怕损失，
但又弃之可惜，
要嘛宁愿错过也不要犯错，
也不排除偶尔需要孤注一掷的勇气，
我们都拥有选择权利，
真正的对手其实就是自己，
千百次弃牌，
才可换来几场关键胜利。

世间

渺小的过客试图操控这场游戏，
精密的构思能否摆脱设定好的局，
以为打破墨守成规的框架就能逃离，
那些邂逅却又巧合到不可思议，
再华丽的剧情也终有谢幕时，
留下几场演出未完待续。

善恶阴阳门

天堂有两扇门，
分别通往天堂和地狱，
地狱同样也有两扇门。

口水诗歌

请别让无病呻吟的诗玷污我清澈的双眼，
就如同刺耳嘈杂的歌入侵我无辜的耳朵，
只有那些发自肺腑深渊，
并经过大脑酝酿的作品，
才值得我去敬仰。

蛟

浅池戏虾蟹，
深海逐鲸鲨。

危机

世界突然变得残酷，
不知感染到某种病毒，
曾经相爱的人们形同陌路，
眼神呆滞地露出狰狞面目，
一切都成了明码标价的货物，
仅存的人类反而被隔离在荒废的病房处。

弹钢琴的少女

行云流水的天籁，
叫人忘记归途，
柔指游荡在黑白的国度，
捕捉过往猎物，
虽看不到束缚，
灵魂早已受到碰触，
心甘情愿被征服。

迺赐

困难是上帝刺向你的剑，
如果你没有被击倒，
它将作为礼物赠送于你。

未燃时

愚昧造就多少本不该发生的悲剧，
微小错误耗费数倍也不一定能弥补，
没必要抱怨所受的痛楚，
强大后的你会微笑着讲述。

救赎

珍爱世间万物，
什么时候才能觉悟，
河流快要干枯，
污染难以消除，
动物的眼神充满无助，
请用心保护，
乱砍伐树木，
风沙如何挡住，
开采别弄断地球的脊柱，
否则人类也将穷途末路。

遇见

总会有个彩虹般的人出现在你黑白世界里。

花

清风弄墨似锦缎，
弱水缓缓心意乱，
忽闻暗香扑面来，
遂寻芳迹，
无奈已是他人园中彩，
斜阳孤影独徘徊。

神游太虚

散星残月弥留天际，
思绪超光速行驶，
地球不再清晰，
太阳系也开始消失，
见证到银河的绚丽，
宇宙急剧膨胀然后瞬间崩离，
身为蝼蚁怎样制止，
只好失声痛哭流涕，
回过神来突然感知，
最多也不过经历生死。

周而复始，宇宙公式

（这首虽是最简短的诗，但我却认为是价值最高的，相当于灵魂贯穿全书）

$$\infty = 1 = 2 = 3 = 4 = \infty$$

后记

诗集出版之后，有考虑创作长篇或中短篇小说，敬请期待！现阶段电子版的书籍已经逐步普及，确实便于阅读，但个人觉得纸质书依然很有魅力，纸质书应该像藏品那样被收藏。我虽有心想把书籍设计得更具有艺术性，来场纸质书形象的历史大变革，如果没有经过改变创新，纸质书的未来肯定是不太乐观的，无奈还是有许多条条框框被限制，而且自己目前能力也有限。虽然电子书便于阅览，但感觉还是不同的。我就喜欢把书买回家，就像买心仪的衣服或精致的小饰品。每本书都可能是作者耗费大量心血 ，总结而出的人生宝贵经验。出版时，考虑到可能会由于作品数量不多而形成书特别薄的情况，所以采取了题诗分离形式。使用这种比较独特的版式设计，突破以往诗集作品挤在一起的格局，让诗看起来更加空灵。这样也是尊重自己的诗，每首诗内容无论长短都平等拥有享用一张纸的权利。

林伟东

责任编辑：洛　齐
执行编辑：楼　芸
装帧设计：岳瑞友
责任校对：朱　奇
责任印制：毛　翠

图书在版编目（CIP）数据

薄纱诗集 / 林伟东著. -- 杭州 : 中国美术学院出版社，2016.6
ISBN 978-7-5503-1147-3

Ⅰ. ①薄… Ⅱ. ①林… Ⅲ. ①诗集－中国－当代 Ⅳ. ①I227

中国版本图书馆 CIP 数据核字(2016)第 136912 号

薄纱诗集
林伟东　著

出 品 人：祝平凡
出版发行：中国美术学院出版社
地　　址：中国・杭州南山路 218 号 / 邮政编码：310002
网　　址：http://www.caapress.com
经　　销：全国新华书店
制　　版：杭州海洋电脑制版印刷有限公司
印　　刷：浙江省邮电印刷股份有限公司
版　　次：2016 年 7 月第 1 版
印　　次：2016 年 7 月第 1 版
印　　张：5.5
开　　本：787mm×1092mm 1/32
字　　数：30 千
印　　数：0001-2000
书　　号：ISBN 978-7-5503-1147-3
定　　价：28.00 元